左眼，右眼

ZUOYAN

YOUYAN

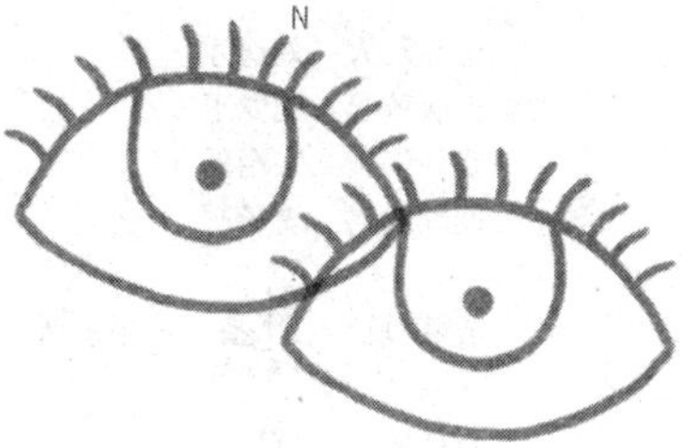

陈大佐 著

漓江出版社
·桂林·

图书在版编目（C I P）数据

左眼，右眼 / 陈大佐著. -- 桂林 : 漓江出版社, 2023.10
（诗与远方系列）
ISBN 978-7-5407-9498-9

Ⅰ. ①左… Ⅱ. ①陈… Ⅲ. ①诗集－中国－当代 Ⅳ. ①I227

中国国家版本馆 CIP 数据核字(2023)第 147418 号

左眼，右眼

作　　者　陈大佐

出 版 人　刘迪才
出版统筹　文龙玉
责任编辑　宗珊珊
助理编辑　周冬辉

装帧设计　牛格文化 + 牛依河

责任监印　黄菲菲

出版发行　漓江出版社有限公司
社　　址　广西桂林市南环路 22 号
邮　　编　541002
发行电话　010-85891290　0773-2582200
邮购热线　0773-2582200
网　　址　www.lijiangbooks.com
微信公众号　lijiangpress

印　　制　天津嘉恒印务有限公司
开　　本　880 mm×1230 mm　1/32
印　　张　6.5
字　　数　137 千字
版　　次　2023 年 10 月第 1 版
印　　次　2023 年 10 月第 1 次印刷
书　　号　ISBN 978-7-5407-9498-9
定　　价　50.00 元

致读者

我用左眼看世界

把右眼

留给你

序

关于我的诗

我为什么写诗？为什么这样写诗？为什么写这样的诗？

我为什么写诗

我写诗，是因为五个人。

第一个人是我初中的第二个班主任，也是我初中的第二个语文老师。我的初中阶段有些离谱，在一所学校三年，读了四个班：当时学校按成绩分班，成绩好的在尖子班，成绩差的在普通班，每学期调整一次。第一个学期刚结束，我就从最好的尖子班调到一个普通班，普通班的班主任是一个刚大学毕业的湖南男人，国字脸、高大威猛，就是不怎么帅！和我同姓，叫陈永清。他可能发现我由于调班的原因心情不好，忧郁、失落、自卑，常常找我谈心，还带我到他的宿舍——不足十五平方米的平房，拿他仅有的几本书给我看，现在只记得其中有一本是《小二黑结婚》。我那么黑，可能就是那个时候被小二黑传染的！他跟我谈得最多的是鲁迅、艾青、闻一多。

第二个人是我的初中校长刘义冕先生，他虽然是校长，却依然坚持上语文课。我初中三年级上学期，语文老师结婚请假一个月，他就给我们上了一个月的语文课。他刚来的第三天，学校就组织我们去看电影——《妈妈再爱我一次》。从校园右后方的侧门出去，有一条小路，穿过一片田野和苞谷地、小树林，与一个小村庄擦肩而过，就到电影院了。在去看电影的路上，我们看见一个已经死去的弃婴。那个星期的作文，我不按他出的题目去写，而是结合电影写了这个死去的弃婴，或叙或议、怒发冲冠、大放厥词。这篇既有记叙文样子，又有杂文语气，更有战斗檄文的悲愤、义愤填膺和慷慨激昂的“文章”，引起了他的莫大兴趣。他在课堂上说这篇文章，他在语文教研组说这篇文章，他还在全校教师会议上说这篇文章，他还在全校学生的集会上说这篇文章……今年初，我在街道上看见了他，他已经满头白发……他一眼就认出了我！

第三个人是我在宜山师范读书时的第一个班主任，也是我迄今为止，除父亲以外，亏欠最多的人！他是一个都安男人，叫蒙晨阳，瘦小、白净、文质彬彬。我进入宜山师范后的四年前，他以宜山师范学校学生会主席、优秀学生的身份被保送去师范大学读书，我到宜山师范就读的时候他大学毕业，回母校教书。我是他带的第一个班的学生。他也带我到他的宿舍看书、谈心，还拿出他发表的文章给我看。现在，我的手里还有他给我看的一本书。那个时候，谁都没能想到，我是他带的第一个班的学生，也是唯一的一个班；我是他学生中的第一个班长，也是唯一的一个班长。在母校，这个给了他翅膀、给了他飞翔、给了他梦想的地方，因为我们不谙世事的五十多个同学，他摔跟斗了，他刚刚学会飞翔的翅膀断了，他的梦碎了。他背着一个牛仔包，离开了。一直到现在，我都不知道，当时，他有多伤心！一直到现在，我和他都没有再见面。我曾经回到母校，向一些当时跟他交往密切的老师打听过他的消息，都没有结果。我曾经无数次想象，跟他邂逅的情景……

第四个人是“去年今日此门中，人面桃花相映红。人面不知何处去，桃花依旧笑春风”的女孩子。在此忽略。

第五个人叫覃忠杰，是南丹文联前主席、《南丹文学》前主编。2002 年，我在南丹县检察院办公室做秘书工作。那年冬天，雪特别大。电话响了，我一接，那头说：你好，是大佐吗？我是南丹文联覃忠杰。刚参加工作不久的我真的是受宠若惊！从那时起，覃忠杰老师就拽着我，在学习诗歌写作的路上一路前行，直到现在。

除了以上五个人，我初中的第三个班主任、语文老师杨任娥和我初中的第五个班主任、语文老师黄荣宾，以及读师范时的第二个班主任黄力、第三个班主任周佐霖等老师，都帮助或影响过我的写作，只是没有那么直接、那么猛烈、那么持久。

为什么这样写诗

我一直坚持用口语写诗，是因为一个故事：相传，白居易的邻居是一个上了年纪的老妇人，老妇人没有什么文化，但是白居易十分尊重她。白居易每天在家里不断地写诗，写好了修改过后都会念给老妇人听，老妇人听不懂的地方或是嫌他的语言烦琐时就会说出来，白居易拿回家继续修改，再念给她听，这样直到老妇人没有意见为止。

我生活在广西河池一个叫南丹的小县城，全县 30 万人左右，户籍档案上的学历大多数是初中毕业，现实生活中的文化水平大概是小学文化水平。

既然我写诗，我就要让我身边的人知道我在写什么，我要让我身边的人知道我想表达什么。因为我写诗是为了记录生活，是为了表达我对日常生活中的人或事的看法，还有我对人生的思考。

我国第一部诗歌总集《诗经》里的大部分篇章，都近似白描，但是，它那么美！那些朴实无华的句子，几千年了，还在熠熠生辉，让人回味无穷。写诗，就要写身边的人看得懂的诗！

为什么写这样的诗

2014年初开始，我和几位同事到大化县共和乡弄乐村开展“精准识别”和扶贫工作。在那里，我认识了与我的童年完全不一样的贫穷，看到了在穷山恶水间挥洒青春、带领群众与大自然鏖战的基层干部；同时也看到了一些呆板僵化、推诿扯皮、拈轻怕重的干部，看到了个别等、靠、要的懒汉，看到了很多自强不息、勤劳、憨厚、淳朴的老百姓。2019年3月，我来到南丹县八圩乡朝房村娘娘山屯扶贫，在这里我看到了很多黄文秀一样的扶贫干部，看到了比愚公移山、比精卫填海更令人震惊的“千家瑶寨·万户瑶乡”、幸福城社区等贫困群众整体搬迁工程。

我想，时代和人民永远是诗歌不变的主题！

陈大维

2023年6月6日

目录 CONTENTS

卷四

卷五

卷六

上部

为祖国照亮山河

卷一

七月流火，牛犊试耕

李红娅的大儿子

把我送给他的书打开

大声朗读——

“黑夜给了我黑色的眼睛

我却用它寻找光明”

她的小儿子说：

“春天，就在牧歌的另一端

星星和月亮都是我们种在天庭的百合！”

我爱黄文秀

序

我爱黄文秀
以诗歌的名义
与青春同在

我爱黄文秀
以同志的身份
和祖国相连

一

我爱黄文秀
我像爷爷那样爱她
我要像爷爷那样

天没亮就起床
把牛牵到最高的山坡上
让它们啃食最早的阳光
个个都长得膘肥体壮
个个都长成课本的模样

我爱黄文秀
我像奶奶那样爱她
我要像奶奶那样
天刚亮就起床
把小碟俏[①]背到温暖的肩背上
带她去讨些妈妈没有的甘泉
带着她种菜煮玉米粥
要让她像杜鹃花那样怒放

二

我爱黄文秀
我像爸爸那样爱她
我要像爸爸那样
用大矮马托起黎明
用小矮马温暖黄昏
用苍健遒劲的双手梳理一个又一个山头
用不知疲倦的脚步驱赶贫穷与荒凉
用百折不挠的汗水孕育一家人的梦想

我爱黄文秀

我像妈妈那样爱她

我要像妈妈那样

用先天性心脏病和脑膜炎后遗症锻造命运

用夫唱妇随举案齐眉温暖茅屋篱墙

用勤劳和节俭缝补岁月

用越来越模糊的双眼摸索未来

用坚持用相信用梦想把泪水埋葬

三

我爱黄文秀

我像茂益哥哥那样爱她

我要像茂益哥哥那样

贴着秀儿的小脸蛋大声歌唱

摘桃子给她吃摘枇杷给她吃摘沙梨给她吃

采捻子给她吃采草莓给她吃采山药蛋给她吃

带她捡牛甘果去卖捡废旧去卖采饭花花去卖

带她去县城带她去山西带她去北京带她回广西……

我爱黄文秀

我像爱娟姐姐那样爱她

我要像爱娟姐姐那样

牵着秀儿的小手儿一起去学校

在院子里那两棵扁桃树下大声朗读《雷锋日记》
帮她把马尾辫梳得像小火箭一样
把大石山的层林流翠妖娆色彩朝阳晚霞
把爷爷奶奶爸爸妈妈哥哥的希冀全部描摹在她脸上

我爱黄文秀
我像嫂子韦秋色那样爱她
我要像嫂子韦秋色那样
爱亲妹妹那样，爱着她
爱着她。我多想
把她溺爱成一个孩子
溺爱成
生命里的永恒……

四

我爱黄文秀
我多想像爷爷奶奶外公外婆那样爱她
我多想像爸爸妈妈那样爱她
我多想像哥哥姐姐嫂子那样爱她

我从爷爷奶奶丢了魂的眼睛里
抠出一个小碟俏
我从外公外婆没有了牙齿的唇间
拽出一个黄文秀

我从爸爸妈妈病床前的汤药里

捞出一个黄文秀

我从哥哥倔强的悲痛里

刨出一个黄文秀

我从嫂子和姐姐的不舍里

抢出一个黄文秀

我在满天的泪水里我在窒息的伤悲里

用每一个明天

用每一份信念

用每一寸呼吸

用每一滴汗水

拥抱我的黄文秀

拥抱我们的

黄文秀

五

我爱黄文秀

我从 1989 年 4 月 18 日的清晨开始爱黄文秀

我从巴别乡开始从德爱村开始从多柳屯开始爱黄文秀

我爱她清澈的双眸我爱她天使般的微笑

我从田阳县绢纺厂小学开始爱黄文秀

我爱她牙牙学语的认真我爱她天天向上的涂鸦

我从竹林那边老奶奶的笑容开始爱黄文秀
我爱天真无邪的她我爱把 10 元钱放大成无限爱的她
我从小丽群的第一次手语开始爱黄文秀
我爱她人人平等的友爱我爱她真挚的陪伴不虚假
我从五〇三室女生宿舍开始爱黄文秀
我和覃柳丹一样爱黄文秀和小松一样爱黄文秀
我从田阳县实验中学初三（9）班开始爱黄文秀
就是黄红灯老师口中“内心安静”的黄文秀
我从田阳高中开始爱黄文秀
就是姑姑和爷爷姑姑的二伯都爱的黄文秀
我从勤工俭学的超市街头商场开始爱黄文秀
我从导师郝海燕的选择开始爱黄文秀
我爱她的孜孜不倦知恩感恩自强不息卑以自牧

我从百色市委宣传部开始爱黄文秀
我从那满镇开始爱黄文秀
我爱她就像她爱自己的家乡就像她爱每一份工作
我从乐业县新化镇百坭村开始爱黄文秀
我永远爱黄文秀
我爱永远的黄文秀

六

我爱黄文秀
我从 2007 年 1 月 28 日的那只“橘子”开始寻找

我从山西长治学院的图书馆开始寻找
我从 2013 年北京师范大学硕士研究生班开始寻找
我从吴先生的资助中徐静慧博士的致辞中开始寻找
我从 2016 年 6 月的定向选调生中开始寻找
我从陈开枝爷爷的第一百次百色之行里开始寻找

我在柏拉图的《理想国》里找到黄文秀
她正在和苏格拉底分析讨论正义
和巴迪欧探讨个人正义与城邦正义之间的互通性
我在卢梭的《爱弥儿》里找到黄文秀
她正在和爱弥儿谈论性善论和自然主义教育
和苏菲探讨不同阶段的劳动、自由、平等、博爱教育
我在苏霍姆林斯基的《帕夫雷什中学》里找到黄文秀
我在杜威的《民主主义与教育》里找到黄文秀
她正在研究实用主义教育和建设新式教育以及
教育的实用价值、人本价值以及人对道德和社会发展的影响
她正在学习如何把学生培养成个性全面和谐发展的人
我在第一书记工作手册里找到黄文秀
她把高跟鞋藏了起来把长裙藏了起来把青春亮了出来
我在《百色历史通稿》里在《乐业历史》里找到黄文秀
她正在用韦玉行家的男式摩托车搬运阳光和春风

我在《习近平在正定》里找到黄文秀
她正在用一个共产党员的标准寻找自己
我在《西行漫记》里找到黄文秀

她说不管有多少个两万五千里都不允许哭鼻子
我在百坭村那把年轻而又成熟的吉他的每一个音符里
找到了黄文秀

七

我爱黄文秀
就像她爱脚下的这片土地
我爱她的“公开承诺书”
我爱她的“入党申请书”
我爱她说的每一句话
我爱她写的每一个字
我爱她的每一篇日记

百布屯的油茶可以作证
那坤屯的杉木可以作证
百坭村的烟叶可以作证
百果屯的猪可以作证
那用屯的砂糖橘可以作证
皈里村的蜜蜂可以作证

我像30岁的青春那样爱她
我像百坭村472户2068口人那样爱她
我像建档立卡的195户贫困户那样爱她
我像38名党员那样爱她

我像谐里小学所有师生那样爱她
我像易地搬迁户那样爱她

每个屯硬化的道路可以作证
每个屯崭新的路灯可以作证
每个屯新建的蓄水池可以作证
刚刚组建的村集体经济体可以作证

我比陪她走过长沙屯的泥泞
陪她穿过百爱屯的风雨
陪她蹚过者乐屯的黑夜的
那双红色的运动鞋更爱她
我比为她遮过那赖屯的烈日
为她挡过那洋屯的荆棘
为她拦过百干屯的蚊虫的
那件红色的运动服更爱她

八

我爱的黄文秀
我爱“唯有坚持”的黄文秀
我爱“别人可以我也可以”的黄文秀
我爱“还不够勇敢”的黄文秀
我爱“从新手到熟路”的黄文秀
我爱“和贫困户完整用桂柳话交流”的黄文秀

我爱“不为自己而活”的黄文秀
我爱黄文秀手绘的示意图
我爱“扎根泥土，懂得人民”的黄文秀
我爱“初心无悔，誓言无声”的黄文秀

我爱黄文秀
我比贫困户黄仕京更爱她
我比贫困户王美线更爱她
我比贫困户班龙排更爱她
我比贫困户韦乃情更爱她
我比从贫困户
变成致富带头人的班统茂更爱她

九

我爱黄文秀
我要带她去南岳衡山的最高峰
跟祝融讨来最强劲最猛烈最纯洁的火
让她燃烧成一只涅槃重生的凤凰
让她燃烧成妈妈的一双瞳孔
让她燃烧成照亮和温暖百坭村的小太阳

我爱黄文秀
我要带她穿越三毛的撒哈拉沙漠
我要带她去一趟伊甸园

让她穿戴着女娲给的丝绸在幼发拉底河里沐浴
让她跟亚当夏娃交朋友跟蒙娜丽莎、跟美人鱼交朋友
让丘比特送她金箭让月老送她红线

十

我爱黄文秀
我要带她去 1949 年 10 月 1 日的天安门
让她抚摸新中国的第一面五星红旗
让她在一望无际的红色里小憩片刻
让她手持镰刀锤头做一个梦想成真的传奇
让她在《义勇军进行曲》里和我们一起继续前进

我爱黄文秀
我爱
黄文秀

2020 年 1 月 20 日初稿，2023 年 3 月 24 日十稿

【注】

①碟俏：巴别乡壮家方言中对家中最小女儿的昵称。此处“碟俏”是黄文秀的小名。

娘娘山扶贫纪要

——扶贫防返贫系列之一

序

33 岁的蒙如风，死了

留下 70 来岁的妈妈，留下

两个读小学四年级的孩子，留下

30 岁的妻子

一

我进山给他送葬那天，小雨

拉黑，王架，关西，瑶寨，甲近

每一步我都忐忑不安
蒙如风的死讯像车窗外的风
——他年老多病的妈妈在风中
——他年轻瘦弱的妻子在风中
——他年幼无力的两个儿子在风中

厚厚的雾霾把每一座山都锁住
小小的车在弯弯曲曲的山路上
兜兜，又转转
像一只超级负重的小小的蚂蚁

我看不见娘娘山的脸
不知道她哭了没有

二

每次经过沙沟河
我都会停下来。看看
因为它是一条奇怪的河
百分之九十五的时间
它都没有水
它就这样：静静地，裸露着
大大小小的石块石粒石砟子
大的像巨人的脑袋

小的像我的脑袋
再小一点的
像小狗小猫小鸟的脑袋
还有很多像昆虫们
小小的脑袋

我在看这些脑袋的时候
我感觉它们也在看我
于是我就想——
它们是不是想跟我说些什么

我看了看四周
——山高。路长——

三

火车站已经老得没有火车了
没有铁轨了。没有枕木了
没有旅客。没有小贩子
没有运水车
也没有看热闹的人群
唯一的记忆
是那间沧桑的候车室
蒙如风或许在里面等候过春天

也许曾经有一列火车
满载着歌声经过这里

两个小小的火车站
瑶寨站，八圩站——
“直线上任意两点间的部分，叫线段。”
短短的距离
像蒙如风的一生
戛然而止

一张车票的记忆是空白的
除了日期，连一个名字都没有
除了地点，连一个故事都没有
除了票价，连一丁点儿温度都没有

四

罗拐坳，这个名字
有些歧义，又有些拗口
车子进入第一个弯之前
我要稍停片刻，因为翻过这座大山
就到娘娘山了
我必须致敬

——向开辟这条路的建设者们致敬

——向山里自力更生的老百姓致敬

——向沉默却无私给予的大自然致敬

每过一道弯
我都提前打一声喇叭
我要问候对面的来人来车
也要问候
山间的生灵万物

叫不出名字的小灌木和茅草芭芒
零零星星的红枫，夹杂着一两声鸟叫
或其他小动物的叫声
迎面扑来
又齐刷刷地向后退去

五

娘娘山缺水
缺水的娘娘山就是
没有奶水的娘

没有传说笼罩的娘娘山
像一个孤寡的老妇人

用枯黄的野草做首饰
漠然而凄楚

没有神话垂青的娘娘山
像一棵生长在悬崖上的树
饥食空气渴饮风
骨瘦且神惶

没有彩虹停留的娘娘山
像一幅顽童的涂鸦画
乱石裸露一片狼藉
粗野又荒芜

我两手空空

六

上午 9 点 08 分，我站在
蒙如风的妻子借来的那口棺材前

风从四面涌来
风从八方涌来
雨点像惊慌失措的小松鼠

蒙如风的父亲留下的老墙房
早已经坍塌
他的 9 个姐夫，或蹲或坐
围成一圈
在亲友邻居们生起的火堆旁
为刚赊来的土酒的度数和口感
争吵得面红耳赤，不可开交
窝棚里他的姐姐，挨着他的姐姐
他的 9 个姐姐
都找不到一支古歌
来聊聊这个
忽然变冷的夏日

他的母亲，那位好酒的老妇人
看我的眼神
像雾，像雨，又像风
更像那天的天空
又灰又蒙又冷又空

穿着盛装那个三十出头的女人[1]
是蒙如风的妻子李妈娣
她的盛装，一尘不染
但是她还是很不放心
一拍

再拍

我点了三支香，我说几句
除了蒙如风
谁都不能保证
一辈子都记得住的话
我忽然想到一个问题
——我为什么不是一个巫师

七

小雨，接着是大雨
大雨过后就是晴天了

我带李妈娣到乡里的派出所改了名字
——“李红娅”

八

七月流火，牛犊试耕
李红娅的大儿子
把我送给他的书打开
大声朗读——
“黑夜给了我黑色的眼睛

我却用它寻找光明”[2]
她的小儿子说：
“春天，就在牧歌的另一端
星星和月亮都是我们种在天庭的百合！”[3]

高速公路像一条生产线
在娘娘山下日夜忙碌
二级路三级路村级路屯级路
都是它的子线
牛场里的雪花牛
是真正从远方来的稀客
——言语不通，自得其乐

扶贫车间里的话头比机器还多
都跟着兄弟姐妹们的产品出国了
田野里的红高粱
红得像新娘子的脸
紧挨着的青纱帐
泛起大海的波浪
一个山头又一个山头
还接连着很多山头的油茶树
像一群又一群顽皮的孩子
满山满岭地吹着口哨……

——娘娘山的每一块石头

——都可以用来磨刀

九

八月未央，唤鸡叫羊

乡村所有的季节，刹那间

全部都行走在

从北京飞过来的红头文件里

我带着李红娅来到乡政府

同志们给她家的低保提高了一个档次

我带着李红娅来到农村信用社

办理了 5 万元的扶贫贷款

油茶的幼苗一下子蹿了出来

每一张叶子都长成人民币的样子

我带着李红娅来到结拉社区

领到一串钥匙和一本房产证……

李红娅扛起饥渴的镰刀

走出窝棚——

虽然山路弯曲

但是她的步伐铿锵

每一步

都是阳光直射的距离

十

九月授衣，藏新食陈
老妇酹腊酒
稚子唱清音

秋天刚来，娘娘山下
所有的庄稼
都不再沉默
每一张脸都被它们点燃
摇曳成满山满岭的歌

十一

正当年华的第一书记，还有
虎背熊腰“一肩挑”的村支书，还有
以村为家的驻村干部，还有
上个月，刚从广东回来的黎家贵
牵着他大肚子的新婚妻子挑选婴儿用品
在山旮里养蜜蜂的蒙励
正在为即将分家的蜜蜂寻找新的场地
小学一年级就毕了业的那些白裤瑶妇女

在空地上纺纱织布
在染坊里把布匹染成幸福的颜色
又用彩色的丝线
把每一个日子都勾勒得五彩缤纷
村里最著名的懒汉蓝老保
也变成了一个忙碌的人……

一双双勤劳的手
交替着
把国旗冉冉升起

【注】

①白裤瑶族的男人死了，他的妻子都要穿白裤瑶族的盛装为他送葬。

②取自顾城《一代人》。

③取自笔者《牧歌》。

卷二

我们仰望苍穹

我们把昨天

夯实成一道道向上的梯子

送给每一个

迎接阳光的人

我们捻诗成香

或长或短

长的为祖国祈祷

短的求福给家乡

为祖国照亮山河

一

七月，酷暑
两个资深的农民工，开着三手的捷达
用大半天的唠叨
驱赶思念
从深圳蛇口
到南丹

从傍晚到第二天凌晨。7 个人
干了好几瓶 53 度酱香
其间，有人多次强调
“不喝了吧！”
有人多次重复
“不喝了——吧——？”
也有人
多次附和——

“不！喝了吧！”

二

他们从 16 年前喝起——
翩翩少年收拾好课本
准备走出华中师大的绿茵
年轻的胡须们都跃跃欲试
初出茅庐的毛头小子
左手拿着仅有的两件地摊牌 T 恤
右肩扛起家乡的窘迫
挤在开往广东的绿皮火车上
双眼中有数不尽的迷茫
志在“桃李满天下”的园丁
手中只有半根
被试卷拦腰截断的粉笔
镶了唐诗宋词的满嘴利牙
都没能从应试的教材里
找到一丁点儿童年的味道
于是他们喝酒

你从一首小诗中找到了腊肉的味道
嚼着嚼着
鼻子就酸了
你说可能是妈妈

腌肉的时候盐放多了点

他在空空的酒杯里发现青菜的颜色

看着看着

眼睛就涩了

他说深圳很好

只是老婆孩子被家乡拽住了手脚

我说你们两个废话真多

你们是作家

应该勇敢地把昨天踩在脚下

快乐地扛起太阳

为人民探索明天

为祖国照亮山河

三

我们从昨天的童谣喝起——

你说红水河畔的山坳是你的家

于是我们就喝过龙王坡

于是我们就喝过吾隘镇

于是我们就喝过古王桥

他说河的左岸有乡亲和爹娘

于是我们就喝过龙滩坝头

于是我们就喝过六排码头

于是我们就喝上了头

我说有我的地方就是你们的家

我说我就在每一杯酒里
我说我就在每一个梦里
我说我就在每一句乡音里

你说你每次回来
都没有陌生的感觉
我说是因为
你的心从来都没有离开过
我说是因为
我从来都没有让你离开过
你说你这次回来
什么都没带
我说你已经
带回来了家乡的骄傲
我说你已经
带回来了方向和希望
你说你想经常回来
你说你想在家乡看见未来的样子
我说家乡的山有了高速公路
我说家乡的水有了发电的坝
我说家乡的人有了阳光的脸
我说家乡的故事有了新的章篇

四

我们从今天的天气喝起——
太阳一如既往从北京升起

温暖大海

温暖深圳

温暖很多地方

来到了广西河池南丹

泼洒在每一寸土地上

热浪从我们的脚底升起

我们就回到了年轻的模样

——你用蓬勃的青春跟我碰杯

——他拿满脸的汗滴与你唱和

——我脱掉上衣露出肩背的饥渴

我们跟着阳光

我们牵引着风雨

漫步在春夏秋冬

或歌或舞

又或者

静静地聆听大地的声音

我们仰望苍穹

我们把昨天

夯实成一道道向上的梯子

送给每一个

迎接阳光的人

我们捻诗成香

或长或短

长的为祖国祈祷

短的求福给家乡

五

我们从南丹的洞藏酱香喝起——

我们喝到八圩的圩场

我们喝到瑶寨的染坊

我们喝到“千家瑶寨·万户瑶乡”的王尚

我们抚摸这座托起黎明的村庄

她的每一块砖

她的每一片瓦

她的每一撮泥土

都有南丹人不舍昼夜的体温

都有河池人同生共命的呼吸

都有共产党人的心血和汗渍

我们在歌娅思谷的花蕊上寻找赞歌

我们在岜地凌晨的云海中种植梦想

我们在瑶乡银河的清波里沐浴喉嗓

我们用杯

我们用盅

我们用碗

一杯杯，一盅盅

一碗又一碗地

干下那些

盛开在黏膏树上的历史时光
凝结在百褶裙上的千年祈盼
流淌在崇山峻岭的崭新岁月
让它们
在我们的血管里
奔流成不知疲倦的青春

六

不知道历史是否记载——
公元 2021 年 7 月 18 日，南丹某民宅
说着沾满阳光的方言
想用贫瘠的土地
种植灿烂春光的打工仔

他们一起举杯
为祖国照亮山河
——无诗不恋国
——有爱即为家

2021 年 7 月 20 日初稿，2021 年 10 月 6 日四稿

潘正福

——丹泉人系列之一

序

“如果我是女孩子，
我一定要嫁给你！”
潘正福冲着我说这句话的时候
他的老婆
替他脸红了
我的老婆
找不到自己的下巴

一

2005年，还没长出胡须的潘正福
背井离乡八百公里
几乎穿越整个广西

从桂东南来到桂西北的南丹

刚刚离开课堂的青涩

半生不熟的桂柳话

陌生了所有的脸庞

潘正福用卑微的脚步

小心翼翼地来回在丹泉车间一线

他把自己交给一粒小麦

他把自己交给一颗高粱

他把自己交给每一批基酒

在这里

他认识了生活

他认识了诚信

他认识了包容

在这里

他认识了师傅于工程师

他认识了国家级白酒评委国家一级酿酒师覃总

他认识了丹泉元老华总富总辉总斌总惠总杨总莫总

……

二

南丹的冬天，偶尔飘雪

单身宿舍的被窝里，潘正福

没有让梦停留

他把梦带到生产车间

狠狠地
种在酒曲里
种在每一次拌和里
种在每一次蒸粮里
种在每一次发酵里

南丹的夏夜，月光明蝉声噪
大排档夜宵摊，潘正福
没有让青春痘绽放
他把青春带进品酒室
悄悄地
渗透在酒样里
渗透在一次酒里
渗透在二次酒里
渗透在成品酒里

在这里
他认识了勤劳
他认识了成长
他认识了成熟
在这里
他认识了自己
他认识了过去
他认识了未来

三

2008 年的春天，一场雨
下在两个异乡人的街头
下在出租屋温暖的窗口
所有那些
认识潘正福的小麦高粱
还有，潘正福认识的所有粮食
都发芽
都生长出爱情

第一个孩子，叫“爸爸”的时候
潘正福没有激动
他第一时间
拨通八百公里外的老人机
对儿子说——
“叫爷爷！叫爷爷！快叫爷爷！”

他开始讨价还价地买菜
他开始学习辨别奶粉和尿不湿
他开始学习通过孩子的大小便
了解孩子的健康状况

第二个孩子，叫“爸爸”的时候

第三个孩子，叫“爸爸”的时候
潘正福都没有激动
他拿出红包
给同样远在八百公里外的外公外婆报喜
他把八小时以外的时间
他把双休日节假日
全部留给妻子儿女

四

2015、2020 年，潘正福
连续两届考上国家级白酒评委
他的老婆，那个
靖西壮族的小女人
不甘落后，2020 年
身怀六甲的她，挺着大肚子
从北京捧回“国家白酒评委”的聘书
夫妻比翼在“振兴桂酒”的广阔天地
翱翔成全国白酒行业独一无二的风景线

五

市劳模，自治区劳模
脚印在昨天里沉淀
汗水在脚印上绽放

潘正福，拧紧时间的开关
在养育他的车间
在锻造他的一线
深深地弯下腰去
像金秋的稻穗
像兢兢之刍荛

从一粒小麦开始
60℃—70℃，高温制曲
润粮磨粮配比踩曲装仓
一次翻仓二次翻仓，储存
从选粮到发酵到蒸煮，潘正福
一次次地调试
一次次地品尝
他和他的伙伴们
硬生生地
把一粒粒小麦高粱
揉捏成 10 年洞藏的热情大方
揉捏成 15 年洞藏的成熟奔放
揉捏成 20 年洞藏的兼容含蓄
揉捏成 30 年洞藏的稳重与端庄
揉捏成 50 年洞藏的内敛和绵延
揉捏成复刻版揉捏成封坛洞藏
犹如一个个温柔贤淑的妙龄女郎

一样的美丽妖娆一样的风情万种
却又各有各的气质
各有各可爱的模样
她们都是潘正福的女儿
她们都是所有丹泉人的女儿
她们是跳动的音符是火一样的诗行
她们是盛装待发的新娘

六

“求木之长者，必固其根本”
为了求证一粒小麦的体魄
潘正福六下麦地
到田间地头测量土壤的成分含量
测量雨量风量阳光照射量
为了求证一颗高粱的饱满度
潘正福七进青纱帐
在冰天雪地里敲开粮农的地窖粮仓
挨家挨户地精挑细选

“海纳百川，有容乃大”
走贵州跑四川
尝茅台品巴蜀佳酿
飞山西飞山东飞北京
从杏花村到景阳冈到牛栏山

从杜康
到白兰地到伏特加
潘正福拿日子拉成纬线
潘正福用岁月勾成经线
让自己
端端正正地站立在
广西丹泉的坐标上
他的面前
是“中国丹泉”
是“世界丹泉”

七

“不求五百强，争做五百年”
虽然风雨雷电变幻莫测
丹泉的脚步从未停歇
潘正福剪去手上的茧
沏一壶清茶。他对我说
为我写一首年轻的诗吧
为了每一个明天
都能和丹泉一样年轻
我说
——拿！
——酒！！
——来！！！

我香成一坛老洞藏的时候
潘正福已经帅成一溜诗行

2022年5月9日初稿，2022年7月20日五稿

杯以自牧者传

——南丹奇人列传之一

题记：

南丹有奇山，却因为没有仙踪而无名；南丹有异水，却因为没有龙迹而无名；南丹有奇人异事，却因为没有记载而丢失殆尽……

序

“杯以自牧”，实为“卑以自牧”
此人四十三岁自以为“有所悟”
从此以“杯以自牧者”为名

一

公元 1976 年，小小的南丹
和北京

一样冷

杯以自牧者的第一声啼哭
并没有给蠢蠢欲动的春天
增添些什么

大哥穿了二哥穿
二哥穿了姐姐穿
大哥穿过二哥穿过姐姐穿过的那件衣裳
终于把他包上

二

从外婆住的牛棚
到他家的篱笆房
仅仅是一个红薯
或者一根玉米棒子的距离
他的童年
世界就这么大，所以
不论是夏天
还是冬天
他都可以
——不穿衣服
——不穿裤子
——不穿鞋

三

六岁，他才知道
春天也有真的和假的

他在这个真实的春天里
跟“的确良”交上了朋友
跟“解放鞋”交上了朋友
跟“香槟”交上了朋友
跟吃不完的大米交上了朋友
跟红砖碧瓦的新房子交上了朋友

七岁，他把父亲给他的名字
写在每一个清晨与黄昏
写在弯弯曲曲的山路上
一直写到中学
一直写到师范
一直写到一首诗的作者栏
一直写到一本书的作者栏
一直写到
一块墓碑上
和父亲的名字
挨在一起
就像小时候
父亲牵着他的手

四

父亲走了很久之后
他的故事
才真正开始

他用一个春天
和一个秋天
把送父亲上山
没有用完的那些酒
一口气喝完
把家乡
留给母亲

五

南丹还是太小，一场噩梦
就淹没了
这个男人的三十岁

周星驰的笑声
从他的嘴里出来才是原创
南丹往东，是拉易坡
南丹往南，是打锡坡

南丹往西，是龙王坡
南丹往北，是困龙湾
——“南丹南丹，有钱难返！”

四面山高
这个孤独的男人
看不见路
他只好把眼镜
戴到后脑勺
企图从昨天里
找到明天

六

很多故事的开篇
都像结局一样精彩
很多故事的转折
都像酒到八成那样激情澎湃

金城江不是江
龙江也不是江
就好像常常听说的那句话
——“宰相肚里能撑船”
但是现实生活中
没有宰相

就好像

蛮大的一个市区

又热，又闷，又吵

乱得

容不下

一首诗

七

一个男人的悲伤

取决于他的酒量

杯以自牧者为了不那么悲伤

不断训练提高酒量

他邀陈大佐陪练

他邀酒公子陪练

他邀南丹尸人陪练

他邀南郭先生陪练

从《我的今生只是后世的一件衣裳》

喝到《一个人的村庄》，喝到

《我在今生里走走停停》

他们从十七岁的青涩喝到

二十几岁的酸涩

喝到三十多岁的苦涩

一直喝到“空即是色”

一直喝到昨天的坎坷

八

今天，戒酒

杯以自牧者想写一个小结
也或者是一首诗
因为他，四十七岁了
四十七岁的男人
既修不好身
也齐不了家
再往大的说都是扯淡

用碌碌无为来淹没一生的男人
是卑鄙的男人

杯以自牧者，决定
从今天开始
——学习酿酒

九

杜康太老
庄周太穷

东坡太浪
鲁迅太严肃
道济最好
——在俗人之中做一个酒鬼
——在酒鬼之中做一个不俗的人

十

从一首诗里看一杯酒
和从一杯酒里看一首诗
只需要一只眼睛
另一只眼睛
杯以自牧者交给
他爱的人和
爱他的人

杯以自牧者用右手写诗
杯以自牧者用右手拿酒
他用左手
轻轻扫去
岁月落在油盐柴米上的尘埃
和那些
兽类的眼光

十一

杯以自牧者决定做一个有方向的人

杯以自牧者决定做一个有信念的人
杯以自牧者决定做一个百折不挠的人
杯以自牧者决定做一个醉倒千万次也
不放弃的人

于是他从洞藏酱香开始
寻找每一粒粮食的根本
跟她们谈论温度
跟她们讨论湿度
然后一起
和水谈恋爱
和水结婚
生出一个个
桀骜不驯的灵魂

十二

男人可以
一文不名
但是不能
一文不值

杯以自牧者把自己
放在人生天平的一端
另一端
放上用诗歌饲养的家乡

十三

杯以自牧者是一个节俭的人
一顶“二级主任科员”的帽子
他已经戴了十多年
他认为可以戴到退休

杯以自牧者还是一个严肃的人
他从来不允许
钞票以畸形的方式
在他的眼皮底下行走

杯以自牧者更是一个自律的人
他不论在太阳下面还是在星光下面
看到多少龌龊和肮脏
都不允许自己操那些家伙的娘

2023 年 6 月 6 日

下部

生活素描

卷三

你欠我的邂逅不想还了吗?

你欠我的拥抱不想还了吗?

你欠我的陪伴不想还了吗?

生活在山里的你呀

不知道小县城里的疼痛

所有关于你的记忆，都是

一分本

九分息

“3·21”空难祭

132 个人赶路
132 道魂回家

从 3 月 21 日开始，到 27 日
我手机静音，微信暂停
我只想在纷扰拥挤的红尘中
挪出方寸
让 132 个游子
小憩片刻。然后
和家人、和朋友
和简单的情感和复杂的工作
一一告别

从今天起
132 张面孔
就有了新的身份
人间的天上
天上的人间

都是你们的家

我们把所有的星辰点亮

请你们把前世今生都带上

2022 年 3 月 25 日

杨洁贞

——2022年5月14日为外婆迁坟立碑之一

这里埋着，一个狠心的老妇人

——二十二岁那年，她丢下父母

——二十八岁那年，她怀揣战火

丢下公婆

丢下小儿子

——三十三岁那年，她被丈夫丢下

——四十岁那年，她被三儿子丢下

——五十岁那年，她被左眼丢下

——五十六岁那年，她被右腿丢下

——六十五岁那年，她被大儿子丢在牛栏里

——七十二岁那年，她被二儿子丢在冬天里

——八十一岁那年，她又把大女婿弄丢了

——八十三岁那年

她把所有剩下的子孙

都丢了

她唯一丢不掉的

是她的名字“杨洁贞”

2022 年 5 月 20 日

与世无关

——2022年5月14日为外婆迁坟立碑之二

所有的回忆都于事无补
这里的泥土太瘦
二十多年了
你都没能生长出来
我们只好
把土刨开
把思念
小心翼翼地摆放整齐

所有的回忆都于事无补啊
你还是那么执着
要去寻找你的父母
寻找你的丈夫
寻找你的三儿子……
我们只好
再次为你打开
天地的门

—— 我们把你的名字刻在石碑上
为你立起一块等站牌
让你的爸爸看得见
让你的妈妈看得见
让你的三儿子看得见……

你那些疲惫的脚步
你那些渴望的日子
或痛，或苦
都已经模糊
都已经被风吹散
都已经
与这世间无关

2022 年 5 月 22 日

我多想

——2022 年 5 月 14 日为外婆迁坟立碑之三

我多想为你写一首爱情的小诗呀
可是你所有的故乡
都在远方啊

我多想为你写一首故乡的小诗呀
可是你的爸爸妈妈
可是你的丈夫
可是你的儿女
都不在你身边啊

我多想写一首思念你的诗呀
可是你被风吹散的容颜
在哪里啊

2022 年 5 月 23 日

都还给你

——2022 年 5 月 14 日为外婆迁坟立碑之四

我们把你的故乡
刻在石碑上
是不是就把人世间的繁华
都还给了你

我们把你的名字
刻在石碑上
是不是就把所有的青春年华
都还给了你

我们把你儿女孙子的名字
都刻在石碑上
是不是就把家和温暖
都还给了你

2022 年 5 月 30 日

我用呵护一粒种子的方式爱你

——2021 年清明为父亲扫墓之一

所有的方式都失去了着力点
我只能用呵护最后一粒种子的方式爱你

风像顽皮的童年在山间嬉闹
请原谅我只有缚鸡之力的双手
在如此细腻的春光里
只能带来粗糙的问候

爸爸呀！请原谅
我行走在一杯酒里的狂放与孤傲
请原谅我卑以自牧的生活
因为，多年以前
我是你的一粒种子
而现在
你是我的一粒种子
——我种下梦想
——却收获不到希望

2021 年 5 月 26 日

今日无雨

——2021 年清明为父亲扫墓之二

今日无雨，所有的乌云
都皈依佛门

我站在一朵春风上
用童年的模样
敲开你的昨天

22 年前的某天
下午 5 点的蓝天博大精深
你用最好的年华
你用漫天的雪花
把脚步
停在我青春履历表的最新一页

三杯一小歇
你不再关心庄稼
也不在乎

我的年终考核

——57 年的积蓄

你只随身携带

一片鼾声

2021 年 6 月 1 日

致父亲书

——2022年清明为父亲扫墓之一

每一朵花开
都是你回来的脚步
每一片花落
都是你离去的芬芳

我在花开花落之间独自行走
牵一枚太阳做马
拈一盏明月为船
不问季节
只有方向

不论是香的萦绕
还是烛的思恋
你都全身而退
今天，你必须陪我喝个够
因为沧海浪有垢
因为灵山云无根

2022年4月8日

你的名字

——2022年清明为父亲扫墓之二

你的名字
还是那么柔软
仿佛不是刻在石头上
而是生长在春风里

你的名字
还是那么柔软
就像你
等了我十个月的第一次相见
春暖花开，燕雀飞来
一切都是那么美好

你的名字
还是那么柔软
就像你
奔波劳碌满身疲惫踏入家门的瞬间
就像你放下汗水拥我入怀的刹那
就像我们共同举起的每一次坎坷

你的名字

还是那么柔软

像我在每一个深夜

梦回童年的故乡

2022 年 4 月 8 日

四月的债

——2022年清明为父亲扫墓之三

每年四月，我都是
讨债的人

你欠我的邂逅不想还了吗？
你欠我的拥抱不想还了吗？
你欠我的陪伴不想还了吗？

生活在山里的你呀
不知道小县城里的疼痛
所有关于你的记忆，都是
一分本
九分息

2022年6月8日

都是因为你

——2022年清明为父亲扫墓之四

我从你离开的地方来
被你踩疼的那些时光
都还没有老去
它们长成四月的清明
它们长成七月的十四
它们长成八月的十五
它们长成九月的重阳
它们还长成
春节和元宵节

我随手捡起
又随手
放到原处

所有的春去，花落
所有的秋水，瘦
都是因为你

一意孤行

都是因为你

没有

转回身来

2022 年 6 月 10 日

2023年清明为父亲扫墓

昨夜，我写了三百句诗行
都没有您的名字
爸爸

四月，是一个不适合
波动思绪的季节
爸爸

火车按时从黑暗中穿过
除了铁轨，只有风知道
爸爸

我已经很多年没有写日记
包括您从未停歇的行程
爸爸

2023年4月15日

4月2日夜梦见父亲

一场雨

淋湿了我的梦

我就把它还给大地

——像是把一个走失的孩子

——还给他的母亲

2023年4月11日

顾　城

海水太多
墨就淡了

诗歌真假难辨

多么疼痛的行为
——把妻子横成一行泪
——把自己竖成泪一行

横的短成血
竖的长是非

2022 年 3 月 1 日

海　子

你以为你躺下了
口沫中的垃圾就会长出花朵

你以为你躺下了
乌鸦们就会像星星一样安静

你真正躺下去的时候你才知道
戈壁很冷
生长出来的都是风
沙漠很小
捧不起一滴干净的泪水

你躺下去很久了才知道
你不是一颗种子
你只是一粒沙
风想起你的时候
你才有影子

2022 年 3 月 1 日

凡·高

画着画着
兴奋了
把耳朵割下来
给黑色的郁金香
上点色

那么多年了
也不问问
耳朵
疼不疼

2022 年 3 月 1 日

消　失

题记：

听说一位年轻的诗人因付不起房租而自缢身亡……他临走前完成了这一生的最后一首诗——《消失》……为了悼念、为了已经消失而不可复得的人和诗而作……

一

你来的时候
我正在刷牙
春风满面，牙齿舌头
都不认识你

你走的时候
我还在刷牙
满嘴的泡沫
包裹着星星点点的肉渣菜屑
它们——全部——都——不认识你

我想跟你说说话

你却不认识我

你选择转身离去——

那种努力向上的姿势

很冷傲

其实我很早就知道了

诗歌这东西

都是屁话

——它养不活人

二

你走了

所有的梦想

都不再飞翔

2018年11月10日

让死亡轻得像一道光

题记：

一户白裤瑶族家庭33岁的男人死了，留下年迈的母亲、年轻的妻子和两个年幼的儿子……

少年盛装的圩场
细话歌还是一身的阳光

是谁的双唇
搁浅在凌晨5点的边缘

是谁的昨天
刹那间，成为永远

又是谁
把沉默的锄犁
用柔弱的老茧
一磨。再磨

日子啊！要磨

就

磨他个苦尽甘来

让死亡

轻得像一道光

2021 年 9 月 15 日

一哭任远

是不是，因为
贵州至月里的小路太难走
所以你
用这种方式
回家

家乡的中秋，家乡的月
被大雨淋湿
长长短短的雨脚
细数你参差不齐的岁月
被打工的日子
挤压得露出了骨头

你用困窘的舌头
养育的那些诗行
像一棵棵还没有成熟的庄稼
在秋天里羞涩
你走了。她们

何去

何从

家乡的月亮啊

太小太小了

又被你踩缺了一角

怎么装得下，你的

诗

和

泪

2022 年 11 月 1 日

二哭任远

兄弟啊，过奈何桥了吗？
孟婆的汤
能不喝，就
不喝
我真的害怕
你把诗歌忘记

你那么矮小
你那么瘦弱
怎么面对
黄泉路上的风雨啊
如果路太难走
就搭个的士吧
或者是骑个小黄车
别再心疼那几个
心疼了一辈子的钱啦

因为指纹

被都市的钢筋水泥磨掉了
你光秃秃的手指头
像一颗颗小小的鹅卵石
在银行的
“扶贫贷款申请书”上
按不出
哪怕是
最细最小的一条纹路
你只好
用接近耳顺的年岁
拖着病体残躯
再一次
背井
再一次
离乡

很多冠冕堂皇的诗歌
看不到的地方
就是你
用生命
换取生存的工地窝棚
生存的米饭和水
越来越贵
你的生命
就像兜里的钞票

越来

越薄

中秋的月光

把手伸进你的口袋

拿走了

最后一张钞票

月里的山

用儿时的模样

把你拥入怀中

请原谅我

这个吝啬泪水的人

没有去一趟播闹

没有显露出一丝怜悯

兄弟啊

我的卑微，在大地上

敲打不出

一丁点儿声响

我只有蜷缩在

你流连忘返的文字

为你写一首诗

就好像为你燃起一炷香

就好像为你倒满一杯酒

就好像为你添上一双翅膀

兄弟呀！兄弟

记得带上你的诗

记得带上我们的诗

记得带上每一次相聚和别离

2022年11月1日

三哭任远

农民工任远
回来了
这是他唯一一次
用“贫困户”的身份
坐免费车

农民工任远
回来了
一个骨灰盒
就是他
全部的行囊

农民工任远
回来了
瘫痪多年的爸爸
再也不用担心他
找不到工打

农民工任远
回来了
佝偻着腰的妈妈
再也不用担心他
没有饭吃

农民工任远
回来了
这一次
他再也不用离开
生他养他的地方

有多少农民工
像他一样外出
又有多少农民工
正在像他那样
“走”在回家的路上

家乡啊！家乡

2022 年 11 月 13 日

卷四

我带着一肚子酒来的时候

道济和尚已经把所有的经卷都用完了

只剩下莲花

他说：你来晚了

我说：刚好

所有的季节都还在您身上

——手上的余香正浓

大雪天谒法王寺

拾级而上。门的深浅不一
风太大——
（在暗处）
雪一旦落下
就不敢再说话

一只乌鸦被钟楼弹出

木鱼和我
相互渴望

2022年12月12日

在泸州，拜济公为师而不得

我带着一肚子酒来的时候
道济和尚已经把所有的经卷都用完了
只剩下莲花

他说：你来晚了

我说：刚好
所有的季节都还在您身上
——手上的余香正浓

2022 年 12 月 12 日

在天全寺偶遇为我前世超度的那个和尚，他却不认识我了

和尚老了。老了的和尚
想住进坛子里！

在坛子里睡了几十年的酒，
被吓得脸都黄了！
——快跑！
——快跑！

陈大佐醉了！
醉就醉了。为什么
要醉成一只空空的坛子呢？

老和尚很迟疑。

观世音说：算了！算了！
酒只是水！坛本是泥！

你也是我！

陈大佐就是你！

2022年12月12日

道济和尚的帽子

道济和尚把帽子
弄丢了

道济和尚的帽子
被一个拾荒的老妇人捡到
钉成了一只鞋垫
（道济和尚的帽子
只够钉一只鞋垫）

那只没有鞋垫的鞋
一直在想
老妇人，什么时候
再捡到一顶帽子呢

没有了帽子的道济和尚
只好长出白发
只好改名叫陈大佐

可怜的老妇人

却还在

苦

苦

等待

道济和尚的另一顶帽子

2023年4月12日

羊角山品秋

时间：刚才。地点：南丹

庄周说，羊角山的秋很轻
像蝴蝶的翅膀像鹅雏的歌声
像道一样逍遥轻盈

林逋说，羊角山的秋很浅
像我养的鹤像我种的梅
比月还明比水还清

柳永说，羊角山的秋很薄
每一粒蝉鸣都可以听到水瘦的声音
比梦更漏比酒更漏

李耳悄悄地藏起舌头
羊角山不说话
秋也无声

2020 年 9 月 25 日

孔丘南丹赶集

孔丘在南丹街上买了一支笔
他想画一只鼎。他勾好横竖之后
才发现炼丹炉已经吞云吐烟

孔丘在南丹街上买了一张纸
他想写几个字。他打开思绪的时候
突然发现没有一个徒弟在身边

孔丘在南丹街上买了一本书
他想诵读一首诗。他翻完所有的页码
都没有唱出桂柳话这种方言

孔丘想了想。又想了想
师襄始终没有出现在2020年的秋天

2020年9月27日

南字山寺

我在南字山寺走了一圈。又一圈
始终没有释迦牟尼的消息
我的前生在一卷经文里
——似睡非睡，似醒非醒

我在一只木鱼的眼睛里
发现封印我前世的那句偈语
——人行一世
——花开七分

我在南字山寺走了一圈。又一圈
没有一个和尚跟我说一句话

我空着双手下山

2020 年 9 月 28 日

遇见庄子

一只蝴蝶用庄周的枕头做镜子
她的美丽
从鱼嘴里剖开一颗稻谷的羞涩

我在一枚五千年故乡的风里
与他并肩
素不相识
却亲如兄弟

2022年9月29日

用你的名字敲打今生

宗喀巴，请允许
我经过你的名字
回到前世的容颜

为了打磨剃度的刀子
为了让戒疤在今生敞亮
我已经迟到了六百年

宗喀巴，请允许
我用你的名字
敲打今生

2023 年 2 月 5 日

还　俗

我从文峰寺出来
把经卷和木鱼还给噶玛巴

我唤醒沉睡了五百年的长发

我把前世所有的修行
都兑换成
一张单程机票
——背书你的名字

阳光从雪山深入肺部
我听见
自己的名字
像种子发芽的声音

2022 年 6 月 21 日

启 蒙

释迦牟尼敲开第一声木鱼
最先醒来的那朵莲花有口无舌

钟声还在行走
撞钟人瘦得只剩下一影长衫

2020 年 9 月 16 日

聆 听

为了听到太阳的声音

凡·高把一只耳朵

长在向日葵上

2020 年 10 月 21 日

慢·小哲学

幼儿园。摇摇晃晃的
小小羊角辫子——
“叔叔，春天
需要一双跑鞋！”

每一条河流
都是大海的标签

2020 年 11 月 11 日

苍 穹

题记：

南丹文联组织的“诗说画”同题诗活动，此期以“苍穹”为题；窃以为“苍穹”即人类的生存、发展、思想、足迹……

亚里士多德刚刚起草讲稿

哥白尼就说很多星座必须重新命名

伽利略 2020 年收到霍金亲自送达的警告

幼发拉底河边有鹿。黄河岸上有马

达尔文带领着一群猴子呼啸而来

一群又一群的猴子呼啸而过

历史辩证唯物主义者马克思的大胡子上

沾满了流星雨

李聃的舌头已经酣然睡去

2023 年 2 月 16 日

新

初开的莲花
用朝阳做镜子

一粒粒种子把梦想打开

2021 年 1 月 6 日

寻

小溪沿着山谷

小草跟着阳光

2021 年 1 月 20 日

2021 年夏·素描

我光着膀子。我穿着大裤衩
我选择一条小河做背景

青春已远
梦想还在

我穿着大裤衩
我光着膀子。我相信
每一滴汗水都有可能成为一条河流的起点

2021 年 5 月 7 日

屈原后传

你一头扎进汨罗江
用两千年的时光
洗尽前世的伤怀

游回岸上
依然长吟吾将上下而求索

渔父问你为什么
你说——
虽然国不要我
但是我依然爱国

2021 年 7 月 2 日

快节奏会谪仙人

从诗三百中
裁一匹平仄的泳装
蜀道难
长江是最好的选择
从马鞍山长江大桥入水
逆流而上
去会一会
衔杯舞剑的谪仙人

今天，我带酒来
你不要留恋桃花潭
也不要理会黄河之水
穿好你的貂裘风衣
让你的五花马
把脚步停在
天宝十四年，或至德元年初
如果停不下来
我们就一起到夜郎去

用肃宗的节拍

唱一曲“朝辞白帝彩云间”

青莲居士也好

翰林学士也罢

贵妃的胭脂太浓

公主的粉底太厚

都会冲淡酒味

把玄宗的鸽子放了吧

把永王的鱿鱼炒了

如果你的酒量不行

允许你叫上姓杜的小子

姓贺姓高姓崔姓苏姓张姓焦的兄弟

叫上你的岑夫子丹丘生

叫上你的叔叔李阳冰

我也邀上

吊儿郎当的庄周

梅妻鹤子的林逋

不要再炫耀你的宝剑了

龚自珍的磨刀石还没做好呢

长安酒馆洛阳酒家的老板都是数学家

当涂，当涂

就是啊

人的一生

要适当地糊涂

——你去捉月亮干什么呢

2022 年 8 月 25 日

朝天门码头

——长江行迹之一

夜幕降临
我和朝天门码头的灯火
一起登上了长江中的船
水位正好

明月没来
我就趴在船舷上
看中秋的风吹过两岸
看母亲，一个人
千里之外的灯火

2020 年 10 月 1 日夜

嘉陵江边吃火锅

——长江行迹之二

我在嘉陵江边点了一桌
又油，又麻，又辣的火锅
服务员戴着口罩
我看不见
她中秋的脸颜

穿楼而过的轻轨列车
没有理会我手中的船票

行李越来越重
像母亲脸上的时光

2020 年 10 月 1 日夜

重庆书城走一趟

——长江行迹之三

我到重庆书城走了一趟
买了四本书
顺便翻了翻
重庆的 1938 年到 1943 年
以及 1949 年的 11 月 30 日

顺便把那些躺着坐着站着斜靠着看书的人
收入手机
P 成自己的样子
再把季羡林贾平凹三毛大冰装进袋子
带他们顺流而下

2020 年 10 月 2 日凌晨

过瞿塘峡

——长江行迹之四

一位老人
在雨中摇一叶小舟
打捞江面
越来越多的垃圾

水位不断上升
我乘坐的豪华游轮离老人越来越远

2020年10月3日

汉口高铁车站

——长江行迹之五

10 月 4 日傍晚的汉口高铁车站
我认识所有
出现在电子屏幕或墙或纸上的文字

虽然我已经搭乘了
两天三夜的轮船和两个半小时的高铁
依然没能打动秋天——
播音员一再提示：汉口
白天 28 ℃，晚上 6 ℃

我的名字始终没有出现在接站牌上

2020 年 10 月 4 日夜

在丰都，与前生后世相遇

——长江行迹之六

天气阴凉，细雨时有时无
这种天气
带来丰都最好的时刻
长江也没有起浪

前生后世和我不期而遇——
一样的性情
不同的皮囊
我们在望乡台上拥抱
我们在报恩殿写上父母的名字
我们在鬼门关唱奈何歌
手牵手回一趟过去
瞭望一下未来

然后，我们
请阎王喝酒，请黑白无常喝酒
请所有的鬼喝酒
让后世买单

2020 年 10 月 5 日

双桂山偶遇苏东坡

——长江行迹之七

双桂山，23 岁的苏东坡

遇见 43 岁的陈大佐

这个时候，没有谁知道

他俩还会在惠州相遇

在黄州相遇在赤壁相遇在海南相遇

拨动古筝的姑娘

用半遮的容颜

为他们

遮挡住

一千多年的风风雨雨

“上酒来——！”

半面长江为桌

狂放来一碟，率真上一尾

喝他个——

“也无风雨也无晴！”

2020 年 10 月 5 日

武汉来去

——长江行迹之八

我从长江来
重庆很热闹
大坝安好，神女无恙

我在楚河汉街逛了一圈
在户部巷点了些小吃
向火神山雷神山敬了个礼
我爱上了这里的白
和迷彩服和脚手架安全帽
我爱上了这里的绝大部分
我很快就走完了春天
夏天也没有停留

离开的时候我选择了天河
灯火辉煌
一路桂花香

2020年10月5日

坏男人

我是一个坏男人
我有一个“情妇”
还有一个“情人”

我带着她们不分季节地流浪
我们经过河流大海
就把爱种在每一朵浪花上
让爱发光让爱生长
让爱像蒲公英那样随风飞扬

我带着她们不舍昼夜地歌唱
我们经过古老的寨子和年轻的村庄
就邀请月亮和星星一起疯狂
让爱融入每一缕炊烟融入每一盏灯光
让爱像空气那样占领每一个地方

我带着她们不计得失地耕耘播种
我们经过平原我们经过山岗

我们经过繁华我们经过蛮荒
我们经过故乡我们经过远方
我们要把足迹
都变成阳光

我是酒的小鲜肉啊
我是诗的老情郎

2022年2月25日

梦回硐天

夕阳落下
梦已成林
入口处
是一把锤子，一根钎

我是从海上丝绸之路回去呢
还是跟着雁荡山一直走

1600 多年的路程
不论是
水路。还是陆路
我都不能太慢
骑木鱼恐怕是来不及了
行脚的钵
又太破旧
如果能有方丈当年那把
一吻青丝
红尘尽去

的

剃度刀

我就不用

采摘那么多的莲花了

航海闽僧别嚷嚷

三显全公别嚷嚷

双门硐凌霄硐水云硐观夕硐别嚷嚷

再跟南海的观世音学习一遍《心经》

我就出发

七眼镬灶别嚷嚷

四百青山别嚷嚷

瞻龙桥也别嚷嚷野人瀑也别嚷嚷

再跟四川乐山的弥勒比一下肚皮肚量

我就出发

我骑李聃的青牛上道啦

我用孔丘“逝者如斯夫”的速度开拔啦

请帮我唤醒长屿硐天里的每一个昨天

请帮我把普光寺的长明灯挑到最亮

2022 年 8 月 25 日

秋

一尾鱼从天空游过
太阳生气了
把所有的门窗都打开

鱼儿张开嘴
吐一朵莲花送给太阳
——原来她是一枚木鱼

2022 年 10 月 5 日

理 发

——陈大佐别传之一

陈大佐在市城区
睡了六年出租屋
把脑壳
睡扁了

小县城的理发师说
你这个头哦
怎么理，都
理不平喽

2022年10月10日

败 局

工资太精确
季节纷纷倒戈
我在世俗的风里面目全非

眼角膜一直长
脸和屁股策划互换角色

刚过河的卒子
跟岁月作战——
“如何才能够挽回败局？”

2021 年 5 月 19 日

告 别

金盆洗手。世俗万物

我只拿两样

——父亲留下的名字

——母亲缝补的岁月

2022年4月19日

借 口

我只有一身灵魂
灵魂只有一个故乡

酒杯的胖瘦
已经与季节无关

2022 年 11 月 11 日

卷五

给每一个善良的文字

给每一个朴素的文字

给每一个美丽的文字

捏一双手

捏一双脚

让它们

爬到黏膏树上

站在每一道刀痕里

排列成

描写母亲的诗行

一朵花的初恋或许跟春天无关
——母校70寿辰献词

会仙山下，龙江河畔
被我们深深爱着的那些时光
一次，又一次地受孕
——三年多胞儿
——四年更可期

南霞妖娆，白云悠悠
诉不尽
一身身情怀的布衣风骨
——植根入骨髓的魂
——亦师亦父，如友如兄

一朵花的初恋或许跟春天无关
譬如德高为范，譬如能者为师
譬如说1951年
我们在秋天结缘
一定终身

2021年10月10日

你

——致母亲

30 岁，你跟死神打赌
从身上撕下 7 斤肉
贴上我的名字
37 岁，你用喂猪的烂红薯老苞米
塞满你的胃
用鸡鸭猪大米送我们上学
48 岁，你把动手术的钱寄给了我
鸡蛋那么大的结石
就把你的胆囊撑破
55 岁，你把心切成两半
一半让父亲带走
一半残留人间
63 岁，你把小县城里的房子让给我结婚
你挑着满是补丁的衣服被褥
和几只鸡，回到乡下老屋
66 岁，我把你接到县城
帮我和妻儿买菜煮饭

洗衣拖地……

今年，你78岁

你还很年轻

因为四季的田地家里的油盐柴米时刻把你惦记

你必须兢兢业业夜以继日

所以你没有时间去老

因为你的病痛和孤独总是被儿女们忽略或忘记

你必须自己扛着小心翼翼

所以你没有理由去老

2021年5月10日

2021 年的吴真谋

他终于把手
伸了出来
和我握了一下，紧接着
他把手伸过去
跟春风握了一下，紧接着
就把手
收回裤兜

他的眼睛
跟他的手
一样

2021 年 12 月 28 日

妈妈生病了

夜里 10 点，诗人吴真谋
在电话里说：我妈妈生病了
妈妈生病了！我们的妈妈
生病了

跟庄稼一起呼吸的诗人的妈妈
拿泥土抒写人生的诗人的妈妈
用生命撒播阳光的诗人的妈妈
都是我们的妈妈。今夜
妈妈生病了

“临行密密缝，意恐迟迟归”的妈妈生病了
“吃的是草，挤出来的是奶”的妈妈生病了
“卑微如青苔，庄严如晨曦”的妈妈生病了
“流尽了她的乳液之后，她就开始
用抱过我的两臂劳动了”的妈妈生病了

我打开窗户，看向罗城看向四把看向大梧

那里的天空

一定

很冷

所有的善良的星座啊

请多折射一点儿太阳的光辉

所有的慈悲的风啊

请你在今夜，停下脚步。因为

“在煤油灯下写诗”的吴真谋的妈妈生病了

因为，“让我们终生仰望 ”的妈妈生病了

2021 年 12 月 15 日深夜

你有什么权力让你的老婆生病

今天，2022 年 1 月 1 日。晚上 10 点
深圳宝安区，一个农民工的妻子
生病了

请问：你有什么资格生病

你问过
千里之外农村老家年迈体弱的父母了吗
你问过
因户籍原因在私立小学读书的大儿子了吗
你问过
刚刚满岁正在学走路的小女儿了吗
你问过
两个馒头做早餐三个馒头做中餐
正在等你做晚餐的丈夫了吗

生病的女人的丈夫，请问
——你有什么权力让你的老婆生病

你问过房东了吗
你问过老板了吗
你问过药价了吗
你问过大米青菜了吗

请问，有没有人问我
为什么
不写一些新年祝福或问候的句子

2022 年 1 月 1 日深夜

诗　人

——我们村之一

他一直在写诗
他一直在努力地
想把生他养他的小村庄
写成一首诗

他一直想写一首
让你看着看着就笑了的诗
让你读着读着就哭了的诗
他一直想写一首
让你笑着哭的诗
他一直想写一首
让你哭着笑的诗

他是村里排名第一的诗人
也是村里
唯一的
诗人

2021 年 4 月 15 日

村花倩倩

——自画像之n，我们村之二

村花倩倩，和我同龄
小学同班，差点同桌
小学五年
她和我一样拖着鼻涕

初三毕业，她成了村花
进了她舅舅的厂
当上出纳
跟着她舅舅走南闯北
认识了很多老板

第一次同学聚会
听说她会来
二十二岁的我们西装革履
梳着光棍头

她来了
——生了五个娃

——结了六次婚

目前单身

2021年4月15日

他和她

——我们村之三

他的名字叫农民工
村里人叫她活寡妇

她 11 岁的儿子写作文《我的妈妈》
白天麻将桌
晚上三道锁

他 4 岁的小女儿告诉我
爸爸在广东打工很挣钱
天天都能吃馒头或泡面

2021 年 4 月 19 日

代课教师老黄
——我们村之四

他从浅而易见的月光里醒来
昨天已经荒芜
上半辈子长满别人的桃李
下半辈子
是一粒粉笔头

嗜血的笔尖早起晚睡
逆行的寒风一唱一和

（梦
被冰冷的会议
抛弃在黎明之前）

他和他的名字一样
——老（来）黄

2021年4月15日

吃公粮的小贾
——我们村之五

吃公粮的小贾，小猪腰子脸
金鱼眼，塌鼻子，薄嘴唇
冬瓜蒂下巴
不规则不明显的一丁点儿小雀斑
4 岁那年就死了爹
为他父亲开路的那个鬼师
会算命。他说
——小贾是吃公粮的人

26 岁的妈妈
一咬牙
养了 3 只像小牛犊那样的狼狗

哥哥穿小贾穿旧的衣裳
吃他吃剩的饭菜
妹妹帮他洗衣服刷鞋子
做他的出气筒

因为妈妈每天都对哥哥妹妹说
——小贾是吃公粮的人

小贾 6 岁学会了钓鱼抓黄鳝
7 岁把大字牌和麻将玩得很溜
8 岁学会了爬树掏鸟窝
全村人都从他妈妈嘴里知道了
——小贾是吃公粮的人

小贾语文考了 0 分
小贾数学考了 0 分
小贾打了男同学
小贾烧着了女同学的头发
小贾冲着老师骂“我操你娘！”
老师和校长找到妈妈
很严肃地谈了话
全县学校的老师和同学们都知道了
——小贾是吃公粮的人

小贾的名字
始终没有出现在小学毕业证书上

在广东，车间主管问小贾
——为什么总把事情做错
小贾一脸不屑地说

——老子是吃公粮的人!

老板说广东没有你吃的公粮

小贾冲着厂里所有的女孩子说

——你们什么时候去广西看我

——我请你们吃公粮

（据说，这个厂

和附近所有的工厂的女孩子

至今

没有一个

敢踏入我的家乡）

小贾最遗憾的事

是妈妈

没能看到他吃上公粮

尽管妈妈的双眼

坚强到

心脏都罢工 3 天了

硬是没闭上，但是

还是没有看到

民政干部

把“五保户证书”

隆重地交到

已经变成了老贾的小贾手上

人们是在老贾妈妈坟墓边的土坑里

发现老贾的
土坑是老贾自己悄悄挖的
就在今年的春天
就是这个
村里几乎所有的人家
都忙着盖楼房或娶媳妇的季节
已经是老贾的小贾
怀抱着他的“五保户证书”
静静地躺进土坑里……

每次回村
路过老贾家的老屋
路过我和老贾曾经读过的小学
我都会想起
“吃公粮”的小贾

2021 年 4 月 12 日

我看见他们的骄傲

——岜地行记之一

我走过一棵黏膏树前
我看见她的骄傲
像一个子女众多的母亲
每一道妊娠纹都是她的骄傲

我走过只剩残垣断壁的老屋前
我看见她的骄傲
像一只已经涅槃重生的凤凰
每一枚掠过雷电的羽毛都是她的骄傲

我走过一面铜鼓跟前
我看见他的骄傲
像一头倔强的狮王走进春天
每一次出击或长啸都是他的骄傲

我走过一群小孩子面前
我看见他们的骄傲

像一列列飞驰而过的高铁穿越世界

每一次停靠每一次出发都是他们的骄傲

2022年8月5日

把诗句刻在邕地的星空
——邕地行记之二

我用年轻的眼睛
丈量了
邕地的山
邕地的树
也丈量了
邕地的路
邕地的天空
我丈量到了炙热的阳光
我丈量到了冬暖夏凉的风

我用明天的眼睛
丈量了
通向天堂的石阶和
墓地前的通天树
丈量了
邕地的昨天和今天
邕地与北京的距离

我要唤醒那些沉睡已久的灵魂
让他们看看家乡真实的海市蜃楼

我用迷醉的眼睛
把诗句
刻满邕地的星空

2022 年 8 月 6 日

描写母亲的诗行

——岜地行记之三

谁能给我
女娲的电话
我想请她
给每一个善良的文字
给每一个朴素的文字
给每一个美丽的文字
捏一双手
捏一双脚
让它们
爬到黏膏树上
站在每一道刀痕里
排列成
描写母亲的诗行

2022 年 8 月 6 日

我 们

——岜地行记之四

陈代云是汉族人
蒙卫东也是，宋先周也是
还有颜晓丹和吴华清和我
黄土路是壮族
桐雨是仫佬族
陆朝金是白裤瑶
王家琪也是白裤瑶——
还有他俩的叔伯兄弟姐妹
他们的左邻右舍
都是白裤瑶
我们在岜地大寨
甩开膀子
肩挨着肩
喝酒
从天亮
喝到天黑

我们从天晴

喝到下雨
我们从顶着星月喝
到撑着雨伞喝
偶尔有几颗雨滴
落入杯中
增加了酒的量
却没有
降低酒的温度
就好像
我们几个
汉族人壮族人仫佬族人
来到一群白裤瑶中间
他们还是他们
我们还是我们
我们和他们像兄弟一样喝酒
我们和他们像知己那样聊天
喝着，喝着
岜地的山顶上，再也没有
白裤瑶的“他们”
再也没有
汉族壮族仫佬族的“我们”
聊着，聊着
就只有
汉族壮族白裤瑶仫佬族的我们

2022 年 8 月 6 日

村 庄

村庄，除了老人
只有狗
除了狗
只有小孩
月亮是孤独的

咳嗽是罪不可赦的
——吵着了梦
惊醒的梦活过来了
醒不来的梦
就这样
死去

2022 年 10 月 6 日

钥匙

我捡起一片月光
做成一把钥匙
有时打开书本
有时打开自己

它还可以
打开明天

2022年7月3日

一条莫须有的河流

被春天坚决遗忘的河流
肄业的陈大佐同学向你问好
你不必对谁都坦露心事
就算是鹅卵石也不行
如果让那些花心的鱼窃听了呢

被夏天单方拒绝的河流啊
小小的公务员陈大佐向你问好
你不必强忍着眼泪不哭泣
就算痛到麻木了也不行
如果血液都发酸了骨头怎么办

被秋天一味隐藏的河流
半吊子诗人陈大佐向你问好
你不必为自己的毫无诗意而羞愧
就算瘦到刺痛我的双眼也不行
如果我还没抽刀你就死去了呢

没有被冬天嘲笑的河流啊
愤怒的匹夫陈大佐向你问好
你不必怒发冲冠或者挑灯看剑
就算冬雷阵阵朔风千里也不行
如果我手中握着的是一把嗓子呢

被各种垃圾填满胸膛的河流
被工业废水玷污的河流啊
我一定要为你疯狂一次
哪怕就此沉沦
或者是
背负一生莫须有的罪名

2021 年 12 月 17 日

我在这个春天里裸奔

我在这个春天里裸奔
不带一根思绪

这个春天太美
我要做一缕多情的风
我要吻遍所有的山
我要吻遍所有的水
我要吻遍所有的森林草原
我要吻遍大地上的每一滴汗水

我还要深深地吻吻太阳
让她为我
生下千百个春天

2022 年 3 月 18 日

卷六

从你的右眼走到左眼

我将用完一生的时间

完 美

从你的右眼走到左眼

我将用完一生的时间

2022 年 1 月 10 日

理想婚姻

一纸婚书像一根绳
拴着两个灵魂

晴天劳动，雨天读诗
把对方放纵成一首无限循环的 DJ 曲

热热闹闹地
老去

2022 年 1 月 13 日

远

我住长江头。长江
不会说话
我把舌头
放进江水里

君住长江尾
长江说，有个人
日日思念你
却看不到你

2022 年 9 月 2 日

花在笑

骏马！美女！
英雄呢？

花在笑！

有风经过蝴蝶的翅膀；
白云悄悄靠近。

花在笑！

马儿倦了；
夕阳悄悄下。

花在笑！

春天刚刚转过身子；
眼睛就爬满她的裙子。

花在笑！

花还在笑！

2020年9月20日

我为什么喜欢海

题记：

有一年夏天，在海边，有一个女孩子说她认识我；她说她喜欢海，她说她喜欢诗，她说她喜欢我写的诗；她问我，能不能为她和她曾经的他写一首诗……

我为什么那么喜欢海
因为我的伤口需要盐

“你的伤口为什么需要盐？”
“因为它每个夜里都会醒来！”

2022年8月4日（农历七月七日）

当爱已成往事

昨天的一只蟋蟀路过窗台

午后的阳光轻柔
像极了你的婚纱

2020 年 8 月 31 日

想你是不是一种思念

这个问题的源头或者
答案有时候只是一杯酒
有时候
水在秋天里找不到路

我是无所谓的
就算你拒绝了机票
就算你拒绝了电话
我还有如影随形的是是非非

我一动邪念
回忆就把你溺亡

2020 年 8 月 8 日

一念，或者就是一生

年幼的喇嘛用晦涩的青梅把经卷铺开
（布达拉宫上空的星辰没有告诉他
阿妈把所有的青稞
都错酿成了女儿红）

我四十三岁的时候发现前世的所有秘密
（从指尖蹿出的灵魂熟悉时间和方向
它常常在半夜三更
牵引我走向极光深处）

磕长头的小女孩把唯一的那枚木马
交给光头白胡子的住持

我说的是爱情吗？

2020 年 11 月 1 日

雾　凇

题记：

20日降温，山顶的树都被冰块包裹……南丹县文联组织的“诗说画”同题诗活动此期出“雾凇”为题；想起了多年前的那个冬天、那场大雪、那场冷艳得胎死腹中的爱情……

是谁发动了这场誓言
又是谁谁谁措手不及

昨夜醉酒的人
早已金蝉脱壳

2020年12月21日

雁湖情诗

偌大的湖，只是一杯
——何须问归期！
雁且来！
雁且去！

我的羽衣还差一盏芙蓉作纽扣！
芦荻初醒，梅雨刚开。
梯云深处彩虹还没来！

再给我一湖秋色的波光！
等我把沉钟捞起！
等我把前生还给本觉寺！

我的罗带如瀑时！
你的长发正齐腰！

2021 年 1 月 1 日

我用今生的容颜装载前世的爱恋

我在大龙湫沐浴千年
只为了等你
从前世飞渡到今生

我在灵峰寺斋戒千年
我在观音洞诵经千年
我是诺矩那
我是昭明太子
我的名字跟着季节行走

我合掌千年
只为了让你知道
我用今生的容颜
装载前世的爱恋
在这里
等你

2021 年 1 月 3 日

我的远方

飞机穿过第三层云
阳光和天空都很好
像我们二十几岁的样子

你的长焦广角镜头
沾满了 2020 年春天的灰尘
——不是雨
——就是风

2020 年 5 月 6 日

2020年深秋在南丹思念一个人

行者把行程装满行囊

把梦想放纵成一杯杯落花的香

南丹有酒

你在远方

2020年10月25日

远　方

多远的远方
都抵不过一杯酒

多少次问候
都不如一次邂逅

2022 年 9 月 16 日

月亮从此不在山上

刚开始我以为月亮在山上
刚开始我以为
月亮永远在山上

村口的桃花掉落了一朵
家乡被风慢慢吹瘦

唯一的独木桥
摇晃掉了岁月

“月亮掉到水里了！”
没有哪一条河流在夏季停歇

月亮，从此
不在山上

2022年8月23日

月亮姐姐

在一个梦里孤独的人
是喜欢月亮的
有时候，会叫她
——姐姐

在一朵花里寂寞的人
是喜欢月亮的
有时候，会叫她
——姐姐

在一杯酒里徘徊的人
是喜欢月亮的
有时候，会叫她
——姐姐

在一首诗里寻觅的人
是喜欢月亮的
有时候，会叫她
——姐姐

2022 年 8 月 23 日

今天晚上

今天晚上
是喝两杯酒呢
还是想一个人

今天晚上
是想一个人呢
还是写一首诗

今天晚上
是写一首诗呢
还是喝两杯酒

2022年2月14日夜

落花坪的春天之一

你不来
花是寂寞的

你和花之间
隔着一面镜子

春天只是一个谎言

2023 年 3 月 20 日

秋天有点忙

秋风起得很早
她想追赶春天
夕阳问——
“乘船去吗？”

水瘦了
水瘦得不敢说话

月亮悄悄地
为码头
贴上创可贴

2022 年 9 月 7 日

这片海

——三亚行迹之一

这片海一定是在等我

一定是

在等一场

突如其来而又蓄谋已久的爱情

这片海

一定是

在等我

2023 年 2 月 2 日

天涯海角

——三亚行迹之二

天涯远不远

有酒的地方
都不是天涯

海角偏不偏

有你的地方
都有辽阔和蔚蓝

2023 年 2 月 4 日

凤凰机场

——三亚行迹之三

我在凤凰机场吃了碗面
正月初六，我在三亚的凤凰机场
吃了碗面
辣椒辣了点
酸菜酸了点
空气中是浓浓的凤梨味道

飞机和动车
互不相识
就像一只凤凰的两只翅膀

2023 年 2 月 6 日

三点四十分

下午，三点四十分
阳光正好
有梦的人和无梦的人
扬镳
分道

其实红绿灯只是一个看客
其实时间只是一个看客

2023 年 1 月 1 日

这首诗

——应 L 之邀，为其而作

这首诗只写给一个人
这首诗，只写给一个人
这首诗，只写给，一个人

这首诗
仅仅是
两行泪

“这首诗只写给一个人！”
“这首诗仅仅是两行泪！”

2023 年 1 月 13 日

我把自己葬在月亮上

我把自己
葬在月亮上
让所有的流星
都以为
我死了

其实我是把自己藏在一首诗里
在你的夜里
跋涉千里

2022 年 9 月 10 日深夜

谎　言

很多人都说过谎言
但是，没有一个人
像我说得这样美
说得让你
相信

不知道风是吹走了谎言
还是吹走了你
还是，吹走了我

你的身边不再有我
我的身边不再有你

美丽的谎言
好孤独

2023 年 1 月 15 日深夜

第四晚

第四晚，说的
不是爱情

——第一晚，说的是故乡
——第二晚，说的是秋风凉

第三晚。失眠
夜的一半是黑
夜的一半是你

2023 年 6 月 2 日

与你相爱

再写一首情诗
再写一首情诗我就死去
让灵魂
离开世俗的人间

当你打开这首诗
就像打开我的棺椁
我的前生后世都会醒来
和你相认
与你相爱

2023 年 1 月 15 日深夜

附录 陈玥君诗两首

学校里

云车旁

学校里

学校里都是一阵风

只有我一人在阳光下

2021 年 4 月 28 日

陈玥君 7 岁

云车旁

路中有来车
两边有白云
车里有两人

2022年2月3日
陈玥君8岁